„In der Kürze liegt die Würze."

Deutsches Sprichwort

Thomas Melerowicz

Das Glück des Pilzes

100 Drabbles

Bibliografische Information der Deutschen Nationalbibliothek: Die Deutsche Nationalbibliothek verzeichnet diese Publikation in der Deutschen Nationalbibliografie; detaillierte bibliografische Daten sind im Internet über dnb.dnb.de abrufbar.

Abbildung: Melerowicz, Thomas
Cover-Bild: KI-generiert

Verlag: BoD · Books on Demand GmbH, Überseering 33, 22297 Hamburg, bod@bod.de
Druck: Libri Plureos GmbH, Friedensallee 273, 22763 Hamburg

ISBN: 978-3-7693-2695-6

Inhaltsverzeichnis

Lachen ist gesund

Auf der Brücke

Er stand auf der Brücke und rauchte noch eine letzte Zigarette, bevor – doch daran mochte er jetzt nicht denken. Noch war es nicht soweit.

Er inhalierte tief, hielt sich an der Zigarette fest wie an dem berüchtigten Strohhalm, als er dem Wind lauschte, diesem lustigen, kalten Gesellen, wie er um die Träger der Brücke pfiff. Ein schmerzliches Lächeln umspielte seine Lippen.
Dann blickte er nach unten in die stahlgrauen Fluten mit den winzigen Schaumkronen.
Der Fall würde tief, der Abschied endgültig sein.

Die Zigarette war aufgeraucht. Es wurde Zeit.
Er nahm die angerissene Packung und warf sie über das Geländer.

Bitte ein Wort!

Im Lande Schwafelien gab es einst einen berühmten Redner, Schwätzor mit Namen. Die Menschen strömten in Scharen herbei, wenn er auftrat, ließen sich von seinen Worten zu Tränen rühren oder zum Lachen bringen und waren gerne bereit, viel Geld dafür zu zahlen.

Doch Erfolg hat viele Neider. Kritiker warfen Schwätzor vor, er sei ein Söldner, der nur des Geldes wegen rede.

Ja, man rechnete sogar aus, dass jedes seiner Worte durchschnittlich einen Taler wert sei.

Einmal streckte einer dieser Neider Schwätzor einen Taler entgegen und forderte ihn auf, ein Wort zu sagen.

Schwätzor steckte das Geld ein und sagte: „Danke."

Am Marterpfahl

„Autsch!"

„Was ist denn?"

„Ein Pfeil! In meinem Arm."

„Na und? Hab dich nicht so. Kein Grund zum Jammern, Pete. Bei mir ist es ein Tomahawk. In meinem Ohr."

„Angeber. Immer musst du mich toppen. Wenn die bloß nicht so schrei... Auuu! Noch so 'n Mistding. Das nervt."

„Und allmählich wird's verdammt heiß."

„Jetzt, wo du's sagst. Hast recht. Hör mal, Mike..."

„Ja?"

„Hast du noch 'ne Idee, wie wir aus dem Schlamassel raus kommen?"

„Nicht wirklich."

„Dann sollten wir's nicht länger aufschieben."

„Na sch... Autsch! War nur 'n Messer. Na schön. Geht wohl nicht anders. Zusammen:"

„Wir ergeeeben uns!"

Die Mutter aller Fragen

Nie zuvor hatte jemand meinen Gedankenflug so stark gebremst.

Eben noch war ich dabei, das Rätsel des Universums zu lösen, konnte die Antwort auf die Mutter aller Fragen schon fast sehen.
Eich-Bosonen, Quarks, Leptonen – chaotisch herum schwirrend und allen Versuchen der Physiker, sie in ein Teilchenmodell zu pressen, trotzend.
Nur ein winziges Puzzleteilchen brauchte ich noch – ich fühlte es – dann würde ich die Formel für alles erkennen – die reine, göttliche Harmonie.

Das Bild der Lösung zerstob in alle Winde, als deine Worte an mein Ohr drangen:
"Schatz, hast du schon den Abwasch gemacht?"

Von 100 auf 0 in einer Mikrosekunde.

Durchgehalten

"Wie hast du das nur durchgehalten?", frage ich.
Während Sanitäter Tony mit großen Tüchern kräftig abreiben, glotzt er mich an. Hat er meine Frage überhaupt verstanden? Sein Gesicht ist grün, er hat am ganzen Körper Gänsehaut und ich sehe, wie er zittert, nein geradezu vibriert, so als würde er einen Presslufthammer bedienen.

Er setzt mehrmals zum Sprechen an, schluckt, doch alles, was er zustande bringt, ist ein schnatterndes Geräusch. Seine Zähne schlagen zu stark aufeinander.
Dann endlich bringt er etwas heraus.
Es hört sich an wie: „Ich w...wwoll...ttt...e dden Rek...kkord!"

Um die Trümmer des Eisblocks hinter ihm bilden sich Pfützen.

Einfach unglaublich

„Ich hab da neulich was gelesen, Moni, das muss ich dir unbedingt erzählen. Also Wissenschaftler haben tatsächlich zweifelsfrei festgestellt, dass Menschen zu 99 Prozent die gleichen Gene haben. Wir ähneln uns zu 99 Prozent. Toll, was?"
„Hmmm."

„Aber es kommt noch besser. Ein Schimpanse hat 95 Prozent deiner Gene! Du ähnelst zu 95 Prozent einem Affen!"
„Hmmmmm."

„Aber das Beste ist, du glaubst es nicht, aber es stimmt: Ein Kohlkopf hat immerhin noch 30 Prozent deiner Gene! Du hast also zu 30 Prozent Ähnlichkeit mit einem K... Au! Was war denn das?"
„Na was glaubst du wohl? Eine hundertprozentige Ohrfeige!"

Frisch gereimt ist halb gewonnen

Schuster bleib bei deinem Leisten
Undank ist nur selten schön
Ehrlich bleiben bringt am meisten
Wie der Vater so der Fön

Nobel geht das Geld zugrunde
Reich und reich gesellt sich gern
Jeder schlägt mal seine Stunde
Harte Schale, weicher Kern

Frisch gesagt ist halb gesponnen
Gut geklaut ist halb verdaut
Wie gesponnen so zerronnen
Keiner kann aus seiner Haut

Alte Leute, alte Bänke
Kalte Liebe rostet nicht
Junge Lüchse, neue Schwänke
Kindermund die Wahrheit spricht

Alles hat einmal ein Ende
Darum mache ich jetzt Schluss
Weiß, dass jeder hier nur fände
Das ist wahrlich kein Genuss
Alles dummer Sprichwortstuss

Schizophren

„Das war eben das wirklich und wahrhaftig aller-letzte gewesen. Habe ich mich da klar ausge-drückt?"

„Aber wenn die doch so..."

„Habe ich mich da klar und deutlich ausgedrückt?"

„Äh... ja, natürlich."

„Und? Fehlt da nicht noch was?"

„Ich werde es gewiss nicht wieder tun."

„Schwöre!"

„Ich schwöre."

„Beim Grab meiner Mutter."

„Beim Grab deiner Mutter."

„Neeeiiin! Beim Grab deiner Mutter."

„Ach so. Beim Grab meiner Mutter."

„Na also."

Befriedigt lehnte sich Karl auf der Couch zurück. Er beobachtete, wie seine Hand den eben ergriffenen Schokoriegel zögernd wieder auf das Naschteller-chen legte – und ihn gleich darauf blitzschnell in den Mund stopfte.

Das Glück des Pilzes

„Hurrrraaaa! Juhuuuu!", jubelte der kleine Glücks-pilz und hopste in die Höhe.

Vor lauter Freude versuchte er einen doppelten Salto vorwärts, schaffte nur anderthalb und landete auf seinem Hut. Egal! Das konnte doch seine Laune nicht trüben.

„Hauptgewinn! Ich hab den Jackpot der Waldlotte-rie geknackt!", schrie er, rappelte sich wieder auf und wedelte mit seinem Lottoschein.

In einem dunklen Winkel des Waldes weinte die Pechsträhne bitterlich.

„Wie ungerecht. Immer der. Und ich gewinne nie was", schluchzte sie, während zwischen den Bäu-men die Jubelschreie des Glückspilzes verklangen.

Das Lauffeuer verbreitete die Neuigkeit im ganzen Wald.

Verkohlte Stümpfe verfluchten das Glück des Pilzes.

Die Muse des Dichters

Als Gestalt gewordene Verlockung lag sie da, und ihr eng anliegendes Kleid betonte ihre vollkommene Figur.

Inspiration beflügelte des Dichters Geist. Er fühlte es. Seine Schreibblockade war besiegt.

Er besann sich einen Moment und schrieb:

„Du Wunderbare. Nicht eine gibt es, deren Körper vollendeter gerundet wäre, und bist du deiner Hülle entledigt, lädt deine samtene braune Haut dazu ein, sie mit Lippen und Zunge zu liebkosen. Süße Freuden des..."

Er wollte fortfahren, doch seine Begierde übermannte ihn. Der Worte waren genug geschrieben. Der Augenblick schrie nach der Tat. Er packte die Mozartkugel, wickelte sie aus und verspeiste sie mit Behagen.

Ein Telefonat

Hallo Mutti...

Prima. Uns gefällt's hier super gut. Besonders der Garten. Stell dir vor, da haben Tim und ich gestern „Seeschlacht" gespielt. Wir sind auf den großen Apfelbaum geklettert. Tim war das Piratenschiff und ich...

Nein, Oma war einkaufen und Opa hat geschlafen. Also und ich war das englische Kriegsschiff. Obwohl ich lieber der Pirat gewesen wäre. Aber dafür hab ich 'nen Volltreffer gelandet und das Piratenschiff versenkt...

Nein Mutti, alles halb so schlimm. Der Arzt sagt, Tim hat bloß 'ne leichte Prellung...

Ja, versprochen. Geht sowieso nicht mehr. Opa hat unsere ganze Munition geerntet. Na, wenigstens gibt's heute Apfelkuchen...

In einer kleinen Konditorei

„Wer hat das bestellt?", fragte jemand.

Der Ton gefiel mir nicht, er war so anmaßend und gleichzeitig anklagend.

Ein Ober stand vor unserem Tisch, als hätte er den Garderobenständer verschluckt. Ich wollte ihn zurechtweisen, doch als ich sah, was er trug, blieb mir das Wort im Hals stecken.

Ich musste würgen.

„Mein Gott", murmelte ich, als ich wieder Luft bekam, und fühlte den aufkommenden Brechreiz.

Anette, die gerade Schlagobers von ihrem Eiskaffee schaufelte, ließ den Löffel fallen.

„Ich", kickste sie, „aber das ist doch… ich wollte doch keinen echten!"

Mit steinerner Miene stellte der Ober den Mohrenkopf vor sie hin.

Die Krönung

Er war etwas nervös. In wenigen Minuten würde es soweit sein. Dann erhielte er die Krone, nach der er sein Leben lang – nicht gestrebt hatte.

Gott war sein Zeuge, er hatte das nicht gewollt und nie danach getrachtet, *diese* Würde zu erhalten. Aber das Leben hatte – wie üblich – nicht nach seinen Wünschen gefragt und beschlossen, dass es heute sein musste.

Er sah die anderen an, auch sie gedrückter Stimmung, er konnte es an ihren Gesichtern ablesen. Kein Lächeln tröstete ihn. Das Lärmen der Folterinstrumente verstummte. Die Tür öffnete sich. Es gab keinen Ausweg.

„Kommen Sie, Herr Reimann", sagte der Zahnarzt.

Ich bin schüchtern

Sicher werden manche denken, es gibt Schlimmeres – Jähzorn, Geiz, Raffgier, aber das richtet sich gegen andere, nicht gegen einen selbst. Meine Charakterschwäche ist wie ein mit Stacheln besetztes Halsband – mit Stacheln, die nach innen zeigen. Wie ich andere beneide, die leicht und frei durchs Leben gehen und einfach sagen, was sie wollen. Aber ich?

Zum Beispiel habe ich mich neulich in einem Cafe an den Tisch einer jungen Dame gesetzt und gesagt: „Hey, wie wärs? Hast du Lust mit mir zu fff..." Ich konnte es einfach nicht aussprechen, dieses f... Schlimmer noch. Nicht mal zu schreiben traue ich mich das.

Tarifverhandlung

Heute oder nie. Entschlossen betritt Kirst das Büro seines Chefs. Dieser thront hinter seinem Mahagonischreibtisch und sortiert Blätter von links nach rechts. Dann legt er seinen Dupont-Kugelschreiber beiseite.

„Ah, Kirst. Ich wollte ohnehin mal mit Ihnen reden. Ich schätze Sie als Mitarbeiter, dem das Wohl der Firma über alles geht ...“

Kirsts Gestalt strafft sich. Er errötet vor Stolz.

„... und unserer Firma geht es gar nicht gut. Hohe Lohnkosten, die Konkurrenz aus Osteuropa ... Was sagen Sie dazu?“

„Ich wollte Sie fragen ... äh ... Ihnen vorschlagen, mein Urlaubsgeld zu streichen.“

Der Direktor runzelt die Stirn.

„Und mein Weihnachtsgeld auch“, ergänzt Kirst hastig.

Schäbige   Kost

Ein vielfüßiges Krabbeln, ein Wuseln, ein Tasten mit den Fühlern. Woher kommt bloß dieser Wohlgeruch? Da oben! Schnell hineingekrabbelt in das Schlaraffenland. Braune Leiber drängen sich aneinander.

Klein Moni geht in die Küche, holt sich den Stuhl und angelt nach der Marmelade auf dem Schrank. Keiner da, der sie erwischen kann. Gelegenheit macht Naschkatzen. Gaaaaanz lang muss sie sich machen, bis sie es geschafft hat. Der Deckel fällt runter. War wohl nicht richtig zu.

Sie packt das Marmeladenglas, schließt im Vorgefühl des Genusses die Augen, tunkt den Finger hinein.

Ein vielfüßiges Krabbeln, ein Wuseln, ein Tasten mit den Fühlern...

„Iiiiiiiiiiiiiiiiiiiiiiiii!"

Wirkung garantiert

Kaum, das Manfred an diesem Morgen erwacht war, eilte er von Hoffnung beflügelt ins Bad. Ein Mittel, das garantiert wirkt... Erfolg praktisch über Nacht... üppig, wie in Ihrer Kindheit... die Worte aus der Anzeige gingen ihm wie ein Mantra im Kopf herum und ließen sein Herz höher schlagen.

Er knipste das Licht an, sah in den Spiegel und ein Stöhnen entrang sich seiner Brust. Auf seinem kahlen Schädel spiegelte sich die Deckenbeleuchtung. Billiger Murks, dachte er wütend und schmiss das Fläschchen in den Abfalleimer.

Dann nahm er die Schere und begann die dichten aus Nase und Ohren quellenden Haarbüschel abzuschneiden.

Sonne, Mond und Erde

„So, liebe Hörer. Wir wollen jetzt einfach mal ein paar Leute auf der Straße fragen, ob sie denn wissen, wie eine Mondfinsternis überhaupt entsteht. Einen Augenblick ...

Guten Tag. Dürften wir Sie vielleicht etwas fragen?"

„Warum nicht?"

„Wie entsteht eine Mondfinsternis?"

„Eine Mondfinsternis? Moment. Also das kommt natürlich auf den Betrachter an ... Ich meine ... äh ... also der Mond umrundet ja die Erde, also auch den Betrachter und ... Ne, so wars nich. Die Sonne! Natürlich. Die Sonne ist ja viel größer als der Mond ... ja, und wenn die Sonne sich zwischen Mond und Erde schiebt, entsteht eine Mondfinsternis. Das ist es. Genau!"

Professor Wolffs einziger Fan

Professor Wolff, ein schmächtiges Männchen, deutete auf die Formeln.

„Mit anderen Worten, Sie sehen hier die ... äh ... Reaktionsgeschwindigkeit in Abhängigkeit von der ... äh ... Konzentration ... "

Zweihundertzehn Studenten dümpelten mit glasigen Augen im Grenzland zwischen Wachen und Schlafen vor sich hin. Martin, der zweihundertelfte, beugte sich konzentriert über seine Mitschrift und machte sich Notizen.

„ ... wenn man Gleichung zwei in Gleichung eins ... äh ... einsetzt, erhält man ... mit anderen Worten ... je konzentrierter ... äh ... "

Martin hing an den Lippen des Professors.

„Und?", fragte ihn sein Kumpel nach Schluss der Vorlesung.

„Neuer Rekord!", sagte Martin. „Er hat 1413 Ähs und 964 mal ,mit anderen Worten' geschafft."

Poker-Jake erzählt

Dass Amy Roe in der Stadt war, sprach sich schnell herum. Ihr Ruf war legendär, also verabredete ich ein Spielchen mit ihr. Während wir in der Hotelbar auf das Einwechseln der Scheine warteten, spendierte ich ihr einen Bourbon und wir machten Small Talk.

„Der Bourbon ist gut, nicht?", sagte ich.

„Ja, sehr", sagte sie und ihre Mundwinkel hoben sich leicht.

Nach kaum zwei Stunden hatte ich sie ausgenommen. Ich wusste immer, ob sie bluffte.

„Was hat mich verraten?", fragte Amy.

„Der Bourbon", sagte ich. Es dauerte einen Moment, bis sie begriffen hatte, dann lachte sie. Der Bourbon hatte scheußlich geschmeckt.

Farbenspiel

Ich stehe am offenen Fenster und beobachte, wie die alte Dame von gegenüber mit ihrem Pudel spazieren geht. Heute ist das Fell des Tieres lila gefärbt, ebenso die Haare seiner Besitzerin.

Gestern hatten beide Orange getragen, eine Farbe, die mir noch besser gefallen hatte. Orange als Stimmungsaufheller. Ich mag es, der Wirkung von Farben nachzuspüren.

Morgen, wenn ich um die gleiche Zeit aus dem Fenster schaue, werde ich einen grünen Pudel und eine alte Frau mit grünem Haar erblicken, das weiß ich schon jetzt, obwohl ich kein Prophet bin.
Dann werde ich nämlich eine grüne Sonnenbrille aus meiner Sammlung ausprobieren.

Fabelhaft

Arcon, der Monströse

Arcons Greifer öffneten und schlossen sich.

„Ich fühle mich guuut!", stöhnte er.

Bedienstete huschten davon.

Alsbald wurde ihm ein Skorpion gereicht.

Arcon beäugte dessen Giftstachel. Dann ließ er den Skorpion fallen.

„Der ist zu gut für mich. Schafft Passenderes herbei."

Wenig später streckte ihm jemand eine Ratte entgegen. Sie wand sich, zuckte mit dem Schwanz.

„Neeiiin!" Ekel verzerrte Arcons Fratze. „Zu gut! Schafft mir das Allerböseste herbei. Meine Schlechtigkeit braucht Nahrung. Oder wollt ihr meine Güte spüren?"

Alles stob auseinander. Arcons Kamm blähte sich, wurde puterrot. Er brüllte.

Endlich kamen zwei seiner zuverlässigsten Diener zurück — einen Menschen zwischen ihren Klauen.

Die Gottesanbeterin und der Wurm

Tief in frommes Gebet versunken saß eine Gottesanbeterin im Gras, als eine Bewegung sie aus ihrer Andacht aufschrecken ließ.

Mit scharfen Zacken bewehrte Beine schnellten vor und ein zu Tode verwundeter Wurm zappelte, krümmte sich vor Schmerzen und versuchte vergeblich, sich zu befreien.

„Du Mörderin!", ächzte der Wurm mit ersterbender Stimme, „für diese ruchlose Tat wird dich Gottes Strafgericht treffen, und du wirst für alle Ewigkeit in der Hölle schmoren."

„Aber nein", versetzte die Gottesanbeterin, „dass ich dich töte und mich an dir atze, muss Gott äußerst wohlgefällig sein, vermag ich doch hernach, ihn mit neuer Kraft desto inbrünstiger anzubeten."

Die Raupen und der Tod

Zwei alte Raupen, die beide ihre Stunde nahen fühlten, unterhielten sich über den Tod.

„Ich habe Angst. Sag, glaubst du, dass es nach dem Tod noch etwas gibt?", sprach die eine.

„Ja", erwiderte ihre Freundin. „Davon bin ich überzeugt. Nichts verschwindet so einfach. Ich glaube an die Wiedergeburt."

„Das wäre schön", seufzte die erste Raupe. „Dann möchte ich in meinem nächsten Leben ein Schmetterling sein. Ich würde den ganzen Tag im Sonnenschein über die Wiese gaukeln und mich an den bunten Blüten erfreuen."

Bald darauf begannen beide ihre Särge zu spinnen...

Der Schatten eines hungrigen Vogels glitt über sie hinweg.

Schmetterlinge

Kürzlich las ich von der Metamorphose, diesem Wunder der Natur. Ist das nicht wie eine Wiedergeburt, dachte ich. Eine Raupe kommt als Schmetterling neu zur Welt. Doch wissen die Schmetterlinge, dass sie einmal Raupen gewesen sind?

Mit einem Schmetterlingsnetz bewaffnet führte ich eine Meinungsumfrage auf der Wiese hinter unserem Haus durch.

Die allermeisten Schmetterlinge wissen nichts von einer vorherigen Existenz.

Einer meinte aber, es gebe einen Zitronenfalter, einen großen Guru. Dieser könne sich daran erinnern, dass er in einem früheren Leben eine Raupe gewesen sei.

Die von ihm gegründete Kirche der Erleuchteten Raupe erhalte immer mehr Zulauf... von den Raupen.

Wahre Großmut geht nach innen

Ein für seine Großmut berühmter Oger hatte einst einen Ritter gefangen, freute sich auf ein leckeres Abendmahl und entfachte ein Feuer.

Der Ritter jedoch begann zu jammern, dass es einen Stein erweichen konnte, um wieviel mehr also das Herz des Ogers.

„Herr Ritter", schluchzte er, „ich gebe Euch frei."

Als sein Abendmahl jedoch schon fast im Wald verschwunden war, obsiegte der Hunger des Ogers. Er fing den Ritter wieder ein und verspeiste ihn.

‚Wie konnte ich nur so grausam sein', dachte er nach vollendetem Mahl zerknirscht. Doch dann hellte sich seine Miene auf.

„Ich vergebe mir", sprach er zu sich.

Netzbekanntschaft

„Liebst du mich?", fragte sie.

„Ja." Er starrte auf ihre schlanken Beine.

„Sag es!", befahl sie.

„Ich liebe dich", sagte er und zitterte vor Erregung. Sollte sie endlich wieder einen Partner gefunden haben? Wie oft hatte sie das von ihren Netzbekanntschaften schon gedacht. War er bereit bis zum Äußersten zu gehen?

„Du weißt, worauf du dich einlässt?"

„Ja", sagte er mit fester Stimme, „ich will in dir sein. Ganz und gar."

Sie spürte, wie nun auch in ihr Wellen der Erregung zu pulsieren begannen.

„Ich werde dich danach aufessen."

„Ich weiß", sagte er nur.

„Liebe mich", hauchte die Schwarze Witwe.

Freiheit für Api!

„Freiheit für Api", summten die Bienen im Chor und flogen um das Netz, in dessen klebrigen Fäden ihre Schwester Api zappelte.

Die dicke Kreuzspinne hielt auf dem Marsch zu ihrer Gefangenen inne und blickte achtäugig in die Runde.

Als nichts geschah, setzte sie ihren Weg fort.

Verzweifelt stieß Api einen Hilferuf aus.

„Wir müssen etwas tun. Wir haben doch unsere Stacheln", schrie eine junge Biene.

„Dein Stachel könnte in der Spinne hängen bleiben und du würdest sterben, du dummes Ding", erwiderte eine ihrer Schwestern.

Die junge Biene zögerte. Dann stimmte sie in den Ruf der anderen ein:

„Freiheit für Api!"

Carpe Diem

Das Faultier hing kopfunter an einem Ast und schlief. Als es erwachte, war es noch ganz benommen und bemerkte erst nach einer Weile, dass es Hunger hatte.

Das Faultier verspeiste einige Blätter und überlegte anschließend lange, was es als nächstes tun solle. Es kam aber zu keinem endgültigen Ergebnis.

Durch das viele Nachdenken hatte das Faultier Hunger bekommen, stillte ihn mit einigen Blättern und verdaute. Dann wollte es einen Arm nach vorn schieben, um sich an seinem Ast ein Stück weiter zu hangeln, war jedoch zu müde dazu.

Was für ein anstrengender Tag, dachte es noch, dann schlief es ein.

Wo gibt's denn so was?

Die Antwort

„Siehst du die Wespe auf der Torte?"

„Ein selten schönes Exemplar. Was ist mit ihr?"

„Sie ist die Antwort auf die Frage."

„Was für eine Frage denn?"

„Genau die."

„Aber die Wespe ist schon wieder weg."

„Es werden neue kommen. Es gibt so viele Fragen."

„Dann gibt es zu jeder Frage eine Antwort?"

„Nein, nicht zu jeder."

„Und zu welcher gibt es keine?"

„Zu der Frage aller Fragen."

„Wie lautet die Frage aller Fragen?"

„Wie lautet die Frage aller Fragen?"

„Ja aber wie lautet sie denn? Ach so, und woher weißt du das alles?"

„Da, auf der Torte. Die Wespe!"

Die Leichtigkeit des Seins

Ich wollte gerade die Zeitung aus dem Briefkasten nehmen, als mein Nachbar, Herr Pelps, heranschwebte. Typisch Pelps, dachte ich, immer muss er auffallen. Aber ich beneidete ihn auch um die Leichtigkeit seines Seins.

„Hallo Korki", begrüßte er mich.

„Morgen Pelpsi. Sag mal, gelten für dich die Gesetze der Schwerkraft überhaupt nicht?"

„Ach, die Schwerkraft. Nur eine alberne Illusion. Schönen Tag noch." Damit entschwebte er.

Ich zögerte. Dann breitete ich meine Arme aus, flatterte und stieg rasch auf. Doch plötzlich – ein Schlag auf den Kopf, und ich plumpste zu Boden. Ich hatte vergessen, dass ich unter dem Windfang der Eingangstür stand.

Erde zu Erde

Der Himmel ist grau. Es nieselt. Kahle Bäume recken ihre dürren Äste klagend nach oben. Die Trauergemeinde steht am Rand der Grube wie eine Schar Krähen. Gedämpftes Stimmengemurmel. Hände werden geschüttelt. Ja, der Tote war ein guter Mensch. Etwas abseits steht die trauernde Witwe. Mein Bruder und ich sind bei ihr, stützen sie.

Der Grabredner gibt das Zeichen. Während sich der Sargdeckel hebt, steigen wir einer nach dem anderen hinab in die Grube.

Eng aneinander gepresst liegen wir auf dem Boden. Ein Blick nach oben. Dort steht der teure Verblichene und wirft eine Rose und etwas Erde auf uns herab.

Halbwelt

Eines Fußballfernsehabends glitt K. im Halbschlaf in eine seltsame Welt. Am tiefblauen Himmel prangte ein strahlender Halbmond, statt richtiger gab es nur Halbschatten, und halbseidene Gestalten bevölkerten die Straßen. K. stellte fest, dass er halbnackt war – so wie alle.

K. musste sich eingewöhnen, denn seine halbherzigen Versuche zurück zu gelangen scheiterten. K. fand einen Halbtagsjob, Unterkunft in einer Halbpension und es letztlich halb so wild, dass man ihm immer halbgares Gemüse servierte. Dafür war alles auch nur halb so teuer.

Auf dem Fußballplatz jedoch, wenn der Schlusspfiff schon nach der Halbzeit ertönte, wünschte sich K., es gäbe keine halben Sachen.

Bauer Wu und der Alte

Bauer Wu war auf dem Weg durch das Tsien-Gebirge, als er einen Greis bemerkte, der mit gerötetem Gesicht neben dem Weg grub.

„He, Alter, warum gräbst du denn da?", fragte Wu.

Der Alte richtete sich auf und bedachte Wu mit einem Blick, so still und klar wie ein Bergsee im Herbst.

„Nun, das liegt doch auf der Hand. Ich will das Gebirge abtragen", erwiderte er.

„Ja, bist du toll", lachte Wu, „das dauert doch tausend Jahre. Bis das Gebirge abgetragen ist, bist du längst tot."

Der Alte stutzte. „Verdammt, du hast recht", sagte er, schulterte seine Schaufel und ging.

War er es?

Gestern habe ich mich zum ersten Mal in meinem Leben verleugnet.
Aber was hätten Sie an meiner Stelle getan?
Ich ging durch diese Einkaufspassage, als ich eine Hand auf meiner Schulter fühlte. Ich drehte mich um.
Vor mir stand ein bleicher Mann in schwarzem Anzug mit hohlwangigem Gesicht. Dunkle Augen, die an Höhlen gemahnten, so riesig waren sie, musterten mich, und mit einer Stimme, die klang, als würden Knöchelchen aufeinander geschlagen, fragte er: „Sind Sie Herr Koslowski?"
„Nein, der bin ich nicht!", schrie ich so laut, dass mich Passanten vorwurfsvoll ansahen.
„Dann entschuldigen Sie vielmals", murmelte der Fremde und ging.

Das Fest des Königs einander

König einander hatte die Reichsfürsten zum Fest geladen und alle waren gekommen: gegen, vor, zu, hinter, auf und für.

Das Fest ließ sich prächtig an. Die Tafel bog sich unter der Last erlesener Speisen und Getränke. Diener standen bereit, den Gästen jeden Wunsch zu erfüllen.

Die Fürsten jedoch hatten schon lange gegen einander intrigiert, dies aber geschickt vor einander verborgen. Auf ein Zeichen hin traten alle zu einander. Sie zückten ihre Dolche. Entsetzt wollte der König fliehen, doch auch hinter einander standen seine Feinde. Die Fürsten stachen aufeinander ein und sanken zu Boden.

Glück für einander. Ich habe mich verschrieben.

Körpersprache

Neulich traf ich Herrn Maier.

Ich fragte ihn, wie es ihm gehe und was er so treibe.

Herr Maier jedoch sagte, dass er schon lange nicht mehr spreche und auch für mich keine Ausnahme machen könne.

„Aber warum?", fragte ich.

Darauf meinte er, dass Sprechen dauernd zu Missverständnissen führe. Den Satz „Alle Sprachen – man kann sie missverstehen" beispielsweise könne man gesprochen missverstehen, da man nicht wisse, ob das Wort „Sprachen" ein Verb oder ein Substantiv ist. Nur die geschriebene Sprache lasse er gelten. Allenfalls außerdem noch die Körpersprache.

Ich heuchelte Verständnis und sagte „Auf Wiedersehen".

Er aber nickte bloß stumm.

Von Äpfeln und Eicheln

Leichte Schläge auf den Hinterkopf erhöhen bekanntlich das Denkvermögen. So erging es Newton einst, als ihm ein Apfel auf den Kopf fiel, so erging es mir, als eines Herbstnachmittags eine Eichel herabsauste, mich traf und eine Gedankenkette auslöste.

Wenn, so überlegte ich, der Apfel an einem Apfelbaum wächst, müsste allen Gesetzen der Logik nach die Eichel doch an einem Eichelbaum hängen und nicht an einer Eiche. Oder andersherum gedacht, wenn es die Eiche gibt, warum dann nicht die Apfe? Stattdessen sprechen wir von Apfelbaum und Eiche und niemanden stört das!

Soviel Ungenauigkeit unserer schönen deutschen Sprache macht mich ganz traurig.

König Äh wird gestrichen

Die Beratung hatte ihren Höhepunkt erreicht. Knisternde Spannung herrschte im Thronsaal. Erwartungsvoll sahen die Minister zum König. Wie würde er entscheiden?

König Äh versuchte etwas zu sagen, brachte aber nur seine übliche Lautäußerung hervor.

Es war zum Haareausraufen.

Die kahlköpfigen Minister sahen sich ratlos an und zuckten mit den Schultern.

Der König machte wieder „Äh".

Was zum Teufel sollte das bedeuten, Zustimmung oder Ablehnung der Gesetzesvorlage.

„Es reicht!", befand schließlich der Premierminister. „Wir streichen seinen Posten. Der ist sowieso zu nichts nütze."

„Aber das geht nicht", wandte jemand ein. „Der erste Paragraph der Verfassung."

„Den streichen wir auch."

„Äh ... äh."

Engströms Verwandlung

Engström starrte auf den Bildschirm. Diese Formeln waren von unglaublicher Schönheit und doch so einfach.

Warum hatte das vor ihm noch niemand entdeckt? Die gesamte räumliche Geometrie wäre revolutioniert. Nur wenige unkomplizierte topologische Faltungen, und aus einem beliebigen dreidimensionalen Körper entstünde plötzlich... aber das ließe sich ja an ihm selbst...

Aufgeregt setzte sich Engström auf den Boden. Er fasste mit der linken Hand an seine rechte Fußspitze, fädelte seinen rechten Arm unter dem linken hindurch und ergriff seine linke Fußspitze. Dann zwängte Engström ächzend den Kopf unter seine Arme.

Geschafft, wollte er denken, doch das ging nicht mehr – als Punkt.

Der Gesprächspartner

In seinem Wohnzimmer führte Herr K. eine lange und intensive, wenn auch sehr einseitige Unterhaltung. Sein Gesprächspartner plauderte über Gott und die Welt, erörterte die verworrene Lage auf den Finanzmärkten, warnte vor den Gefahren der Klimaveränderung oder gab seine Meinung zu den angesagtesten Filmen zum besten und K., beeindruckt von soviel Sachverstand, schwieg dazu, runzelte die Stirn, lächelte oder nickte gedankenvoll an den passenden Stellen.

Ks Gesprächspartner, beflügelt von so viel Verständnis, redete und redete. Dann endlich wagte Herr K. einen Einwand, der jedoch mit Nichtachtung gestraft wurde. Mit Ks Verständnis war es plötzlich vorbei.

Er schaltete das Radio aus.

Alles fließt

Zwischen korunthinischen Säulen, im kühlen Schatten, wandelte einst Heroklesthenes.
Nur das Knirschen von Sand unter Ledersohlen durchbrach die Stille. Keiner der den Philosophen begleitenden Adepten wagte es, den Meister zu stören.
Da verhielt Heroklesthenes den Schritt.
Aus einer Säule vor ihm ragte ein bronzener Wasserhahn.
Der große Philosoph drehte den Wasserhahn auf.
Es gab ein quietschendes Geräusch und der Hahn tropfte zu Boden. Auch die Säule verlor ihre klare Kontur. „Alles fließt", sprach Heroklesthenes in die Rücken seiner fliehenden Schüler hinein, während er sich in eine Pfütze verwandelte...
Und nach einer kleinen Weile floss das Universum in ein Schwarzes Loch.

!Alppoh

Margret lächelte und führte die Teetasse zum Mund. Gerade, als ihre Lippen den Rand berührten, passierte es. Der Henkel rutschte, die Tasse kippte seitlich weg, der Tee schwappte zu Boden, gefolgt von der Tasse, die Sekundenbruchteile später mit einem hässlichen Klirren in lauter Scherben zerbrach.

Entgeistert starrte Margret auf den Boden. „Hoppla!" sagte sie. Plötzlich schlug mit elementarer Wucht ein Ideenblitz in ihrem Kopf ein. Es war so   einfach!

„!Alppoh", sagte sie. Und richtig, die Scherben fügten sich begleitet von einem melodiösen Geräusch zusammen, während sie nebenbei noch schnell den vergossenen Tee ansaugten und landeten als Tasse in Margrets Hand.

Für immer gefangen

„Stephen hat des Öfteren zu mir gesagt: ‚Schwarze Löcher sind ein Fluch. Ich fliege manchmal an nichts Böses denkend durch den Weltenraum und bums hat mich so ein widerliches Ding an der Angel und lässt mich nie mehr los, so viel Stoff ich auch gebe'", sagt Sattner.

Ich habe Sattner versichert, dass Stephen recht hat. Auch mir gehe es so, dass ich bisweilen an nichts Böses denkend durch den Weltenraum fliege und bums hat mich so ein widerliches Ding an der Angel und lässt mich nie mehr los.

Warum nur glaubt Sattner einfach nicht, dass diese Mistdinger einen nie freigeben?

Wetterbericht

„Hallo Noah. Na, noch so fleißig."
Noah legte den Hammer beiseite und wischte sich den Schweiß von der Stirn.
„Hallo Ismail. Hast du nicht den Wetterbericht gehört?"
„Ja, hab ich. Na und?" Ismail schlug sich vor die Stirn. „Ach so, ich verstehe. Du gehörst wohl auch zu den Idioten, die den immer noch für voll nehmen. Und wenn der sagt, es regnet, dann baust du dir 'ne Arche, ha ha. Vergiss nicht, dein Brett vor dem Kopf mit zu verbauen."
„Spotte du nur. Ich glaube an IHN."
Ismail lachte. „Oh Mann, die Dummen werden nie alle."
„Diesmal schon", sagte Noah.

Das Hobby des Supermarktleiters

Seit jenem Tag vor zwei Wochen habe ich ein neues Hobby.

An jenem Tag sah ich im Eingangsbereich einen Mann auf dem Boden liegen und rhythmische Bewegungen ausführen.

„Was machen Sie denn da?", fragte ich.

„Das sehen Sie doch. Ich schwimme."

„Die Badesaison ist noch nicht eröffnet", sagte ich

„Aber das hätte man mir auch früher sagen können", schrie er, sprang auf, rannte zum Ausgang und verschwand.

Mein Blick fiel auf etwas Gelbes, das am Boden lag.

Es steht seitdem auf meinem Schreibtisch, als Talisman.

Ab und zu, nach Feierabend, wenn es keiner sieht, gehe ich mit dem Quietscheentchen schwimmen.

Der Schrei

Der Alte stand am Rand der Steilküste dem Meer zugewandt, den Mund weit aufgerissen.

„Darf ich fragen, was Sie da tun, Mister?", fragte ich.

Der Alte drehte sich zu mir, schwieg erst, doch dann sagte er: „Ich bin dabei, einen Schrei herzustellen. Er soll mein Meisterwerk werden, eine aufregende Mischung aus Angst, Überraschung und einer Prise Wut. Und er muss vollkommen echt wirken."

Ich trat zu ihm und versetzte ihm einen Stoß. Er ruderte mit den Armen und verschwand aus meinem Blickfeld.

Was für ein Meisterwerk dieser Schrei war. Eine aufregende Mischung aus Angst, Überraschung und Wut. Und so echt.

Die Folter

„Los, aufstehen!" Die Stimme des Offiziers dröhnte in der engen Zelle.

Er betätigte einen Schalter. An der Pritsche lösten sich Arretierungen, den Gefangenen von der grausamen Folter der erzwungenen horizontalen Lage erlösend. Wie der Blitz schnellte der auf die Füße und nahm in Habachtstellung vor der Pritsche Aufstellung.

„Na, gut geschlafen?", höhnte der Offizier. „Ach so, ich vergaß, ihr könnt ja nur im Stehen schlafen."

Sein Gesicht näherte sich dem des Gefangenen bis auf wenige Zentimeter.

„Ich krieg dich noch klein", zischte er. „Wirst du jetzt endlich reden? Sonst lass ich dich den ganzen Tag flach liegen."

Das Stehaufmännchen erbleichte.

Der fliegende Teppich

Auf einem Basar lauschten viele Zuhörer den Worten eines alten Märchenerzählers.

„Als der Dieb den Garten erreicht hatte, rollte er den Teppich aus und rief..."

Der Märchenerzähler stockte.

„ ... und rief ..."

Der Alte kratzte sich am Kopf.

„Er hat's vergessen", krähte ein kleines Mädchen.

„Du kleiner Naseweis!", fuhr sie der Märchenerzähler an. „Er sagte, ... als er den Teppich ausrollte, da sagte er ..."

„Abrakadabra", schlug ein stämmiger Bauer vor.

„Ach, bei einem so undankbaren Publikum ist mir die Lust vergangen, weiterzuerzählen", sagte der Alte, setzte sich auf seinem Teppich zurecht und sprach: "Salamanti!"

Der Teppich erhob sich und trug seinen Besitzer davon.

Geschlechtsumwandlung

Er war kräftig voran marschiert, ohne sich von widrigen Umständen aufhalten zu lassen.

Vorwärts, immer nur vorwärts gehen, so verlangte es die Rolle, die er zu spielen hatte, so tat er es. Das Wort „zurück" existierte für ihn nicht.

Und nun?

Bis hierher war er gekommen und was hatte ihm seine Mannhaftigkeit eingebracht?

So wie bisher ging es nicht weiter. Nur eines noch konnte er tun, und er musste es tun, wenn nicht alles umsonst gewesen sein sollte. Dann würde er ein völlig anderer, falsch, eine völlig andere sein.

Der Bauer tat den letzten Schritt.

„Patt!", sagte eine hämische Stimme.

Blitz und Donner

„Donnerwetter", murmelte der Alte.
Der Steinbrocken blitzte und funkelte in der Sonne.
Unzählige Körnchen reinsten Goldes.
Er ließ seine Blicke über den Hang schweifen. Ein Quarzgang! Der ergiebigste, den er je gesehen hatte. Dreißigtausend pro Tonne würden drin sein.
„Jake, komm her!", schrie er und ruderte mit den Armen.
„Sieh dir das an", sagte er zu seinem Partner und deutete auf den Klumpen. „Wir haben's geschafft. Wir sind reich!"
Jake blieb stehen und seine Augen weiteten sich.
„Ja", sagte er dann langsam. „Ich hab's geschafft."
Den Mündungsblitz sah der Alte noch.
Von den Wänden des Canyons hallte das Donnern wider.

Das Hin und Her der Brieftaube

Papier. Der Brief faltete sich zusammen, flatterte mit den Flügeln und erhob sich in die Lüfte. Höher und höher stieg der Brief und trällerte dabei: „Wenn ich ein Vöööööglein wär... und auch zwei Flüüügel hätt... flög ich zu dir...

Der Brief hielt inne. Aber er hatte ja Flügel, fiel ihm ein. Und eine entfernte Ähnlichkeit mit einem Vogel war auch vorhanden, so dass seinem Wunsch doch eigentlich nichts entgegen stand.

Flugs besann er sich und flog zu dir. Du entfaltetest die Taube, lasest, schriebst eine Antwort, schlossest den Brief mit einem heißen Liebesschwur und hauchtest noch einen Zauberkuss auf das

Das Akkomolodion

„Herein!"

Herr Wolff fasste in seine Jackentasche, spürte das kühle Metall und betrat das Büro seines Chefs.

„Äh... Herr Seifert..."

„Ach, Wolff. Womit wollen Sie heute meine Zeit stehlen?"

„Damit!"

Herr Wolff zog das Akkomolodion aus seiner Tasche und richtete es auf Seifert. Es summte und knisterte. In das verblüffte Gesicht des Chefs gruben sich tiefe Falten, unter glanzlos werdenden Augen entstanden Tränensäcke, die Haare blichen aus und lichteten sich.

Seiferts Kopf sank nach vorn, es machte knacks und seine Brille war kaputt.

Der Junge schlüpfte aus den zu groß gewordenen Schuhen, hüpfte zur Tür und stolperte über seine Hosenbeine.

Morgenstunde

Es war Liebe auf den ersten Ton, als Rita seine Melodie in dem Trödelladen hörte.

Sie kaufte den Wecker auf der Stelle und seitdem freute sie sich des Nachts, wenn sie träumte, schon auf den Moment des Erwachens, ja sie konnte es kaum erwarten und wachte jeden Morgen etwas früher auf. Dann stimmte sie fröhlich in die Melodie des Weckers ein: „la lalala la..."

Der Wecker seinerseits war hoch entzückt von der Stimme seiner Besitzerin. Er ging unwillkürlich jeden Tag etwas mehr vor, um sie möglichst bald wieder singen zu hören.

Eines Abends wurde Rita schon vor dem Einschlafen geweckt.

Der Traum

„Liegen Sie bequem? Erzählen Sie. Was ist Ihr Problem?"

„Also ich habe da diesen Traum. Er kommt immer wieder."

„Ja?"

„Ich bin in einem Palast, stehe an einer Balustrade und sehe auf eine Stadt hinunter. Aus der Stadt steigen Rauchwolken auf. Es brennt! Überall! Aber ich habe keine Angst, ganz im Gegenteil. Ich hebe die Arme empor und singe: Brenne. Brenne Rom."

„Da vorne liegt eine Packung Kleenex. Sie sollten sich das nicht so zu Herzen nehmen. Nero zündelt ein bisschen. Wahrscheinlich haben Sie mal den Film mit Peter Ustinov gesehen. Ein Klassiker."

„Sie verstehen nicht."

„Nicht?"

„Ich bin Feuerwehrmann."

Die Überlistung Gottes

Dass es nicht leicht sein würde, hatte Stuart geahnt, aber allein die Ausrüstung für das Speziallabor zum Gendesign extrem kleiner und schmaler Exemplare war ein Millionengrab gewesen, gar nicht zu reden von den Kosten für die Entwicklung von Supergleitmitteln und ultraelastischen Stählen – mehr, als er sich in seinen schlimmsten Alpträumen ausgemalt hatte. Doch was nutzte ihm sein ganzes Vermögen in der Hölle.

„Strengt euch mehr an, ihr Schlaffis", schrie er seine Angestellten an, die aus Leibeskräften schoben und zerrten, „die sind für euch, wenn ihrs schafft."

Er wedelte mit einem Paket Tausend-Dollar-Noten und beobachtete gespannt, wie sich der Kopf des Kamels langsam durch das Nadelöhr quetschte.

Der Langsamste gewinnt

Startschuss! Die Schnecke ist am schlechtesten aus den Blöcken gekommen, hat schon einen großen Vorsprung. Auf der benachbarten Bahn kommt Trödelliese heran, kann den Rückstand nicht halten. Wo ist der hohe Favorit? Ganz hinten. Unangefochten. Trödelliese oder Schnecke. Doch jetzt. Die Lahme Ente. Die Lahme Ente wird schneller. Trotz ihres zeitraubenden Laufstils muss sie an den beiden vorbei. Überquert die Ziellinie – gefolgt von Schnecke und Trödelliese. Alle müssen sie die Überlegenheit des Favoriten anerkennen, der nun in aller Gemütlichkeit durchs Ziel schlendert, schon vorher die Arme hochreckt, sich feiern lässt. Was für ein Ausnahmetalent.

Bummelletzter ist alter und neuer Champion.

Der abstoßende Apfel

Die Sonne schien, die Blumen dufteten, Sir Isaac Newton döste. Durch einen lauten Plumps schrak der berühmte Physiker aus seinem Halbschlaf auf. Mit großen Augen sah er den Apfel neben sich an, ein verschrumpeltes Ding mit einer fauligen Stelle, aus der eine Made herauskroch. Er muss die Erde sehr anziehend gefunden haben, schlussfolgerte Newton messerscharf. Dieses Ereignis schrie danach, in eine Theorie gegossen zu werden. Augenblicklich nahmen die entsprechenden Formeln in Newtons Kopf Gestalt an und er vertiefte sich in komplizierte Berechnungen.

Die Erde indes stieß den Apfel angewidert von sich und er entschwebte von Newton unbemerkt in den Weltenraum.

Der Nobelpreisträger

„Du, Papi!"

„Was ist denn, Matzi?"

„Ich glaube, ich habs. War gar nicht so schwer."

„Prima", murmelte Professor Gruber und wünschte sich einen normalen Sohn.

„Aber Papi. Ich hab die Lösung."

„Was denn für eine Lösung?"

„Die von allem! Die Weltformel."

Professor Gruber ließ die Zeitung sinken. Matzi reichte ihm ein Blatt Papier mit einer langen Formel.

Die Augen des Professors weiteten sich.

„Das hast du aber fein gemacht!" sagte er dann und zerstrubbelte das Haar seines Sohnes. „Ich wusste, du würdest sie auch finden. Nun geh wieder spielen!"

Matzi hüpfte in den Garten, während der Professor ins Arbeitszimmer eilte.

Irren ist menschlich

Juni 2056:

Chefingenieur ZARC 4yk brütet über den Statikberechnungen: ‚...Logarithmus von Pi multipliziert...'

Unterdessen durchkämmen die Wartungstechniker Phil und Tom turnusmäßig ZARCs Gehirn.

„Sag mal, Tom, stinkt dir der Job nicht auch allmählich?"

„Wieso? Die Bezahlung ist doch okay."

„Geld ist nicht alles, Mann. Ich hab's satt, Kuli der Großköpfe zu sein. Halten Menschen für blöd und sich selbst für unfehlbar. Oh, sieh mal hier."

„Könnte vielleicht 'n Leck im Tachyonenkanal sein, oder?"

„Reich mir mal den Mikrolaser."

‚...mit der dritten Baumwurzel aus siebzehn...'

Juni 2057:

„...freue mich, nach nur einem Jahr Bauzeit die Atlantikbrücke der Öffentlichkeit übergeben zu... ups."

Einmal ist kein Mal

Blicke kletterten den Hang hinauf, der sich in angst-
einflößender Steilheit vor ihm himmelwärts er-
streckte und zu allem Überfluss mit Geröll übersät
war. Es wird nicht leicht sein, dachte er.
Muskeln spannten sich, Füße gruben sich tief in den
Boden, Hände schoben und drückten.
Ein Schritt, ein Ruck, dann noch einer und noch ei-
ner, jedesmal den Gipfel eine Winzigkeit näher
heran holend. Lungen saugten, das Herz hämmerte,
Muskeln zitterten.
Dann endlich, nach einer gefühlten Ewigkeit oben.
Geschafft? Nein. Die Götter waren gegen ihn. Der
Stein rollte wieder hinab und riss ihn mit.
Trotz glomm in seinen Augen. Sisyphos stand auf.
Seine

Denk mal an

Wechsel der Jahreszeit

Ich öffnete das Abteilfenster und der Duft von frisch gemähtem Heu drang herein. Ich sog ihn tief in mich ein. Der Duft des Sommers, dachte ich und schloss die Augen, um besser genießen zu können.

„Es ist zugig!"

Die vorwurfsvolle Stimme meines Gegenübers ließ mich die Augen wieder öffnen. Er starrte mich an.

„Wie sollte es sonst im Zug sein?", fragte ich und hoffte, er würde einmal lächeln. Nein. Seine Kiefer zermahlten meinen Scherz. Er schluckte ihn hinunter, stand auf und schloss das Fenster.

„Es war nur wegen des Heus", sagte ich. „Der Duft des Sommers..."

Frostiges Schweigen traf mich.

Der Zug nach Nirgendwo

Herr W. verreiste gern und genoss die Zugfahrten, die ihm das Leben bescherte. Er wünschte sich jedesmal, die Fahrt möge immer so weiter gehen und das Ziel nirgendwo sein.

Auch heute wieder schaute er versonnen aus dem Abteilfenster, betrachtete die vorbei huschenden Wälder, Wiesen und Felder, und stellte sich vor, wie es wäre, wenn der Zug nie ankäme.

Es geht ein Zug nach Nirgendwo... Das Nirgendwo – wie mochte es aussehen? Ein Ort, wo ewig der Flieder blühte und die Bienen summten vielleicht, weit weg von der Hektik des Alltags.

Er war müde, lehnte sich zurück und schlief lächelnd ein.

Endstation.

Der Go-Spieler

Die Linien des Zengartens liefen auf ihn zu, berührten ihn jedoch nicht, umflossen ihn nur, während er auf das Go-Brett sah. Regen und Wind hatten sein Gesicht zernarbt. Die rechte Hand war leicht erhoben und leer, der Spielstein vielleicht zerfallen, vielleicht gestohlen.

„Der Legende nach wollte Meister Kato einst eine Partie Go gegen einen Mönch spielen", sagte die Reiseleiterin, „doch bevor er den ersten Stein setzte, geriet er in tiefes Nachdenken. Tag und Nacht saß er vor dem Brett und versteinerte. Er überlegt noch heute."
„Er will eben keinen Fehler machen", sagte jemand. Alle lachten.

Meister Kato aber schwieg.

Wär nicht das Auge sonnenhaft...

Um die neunte Stunde rief man mich zu dem Kranken. Der große Dichter lag in seinem Bette und sein bleiches Antlitz war schweißbedeckt. Ich sah sofort, dass es mit ihm zu Ende ging. Als er mich erblickte, bewegten sich seine Lippen.
„Hofrat Vogel...", flüsterte er.
Ich setzte mich zu ihm.
„Ich muss Sie untersuchen", sagte ich.
Er winkte ab und öffnete wieder den Mund, doch ich verstand ihn nicht.
Plötzlich hob der Dichter den Kopf und rief: „Mehr Licht!"
Bedienstete öffneten die Fensterläden und Sonnenstrahlen fluteten ins Zimmer.
Bald darauf erloschen Goethes Augen. Nie mehr würden sie die Sonne schauen.

Die unschuldigen Tauben

„Nun sieh dir das mal an", sagte Wilson und streckte einen erbitterten Zeigefinger nach dem Radioteleskop aus. „Schon wieder alles voller Taubendreck. Und dabei ist erst gestern sauber gemacht worden."

„Diese verdammten Mistviecher", schimpfte Penzias, „kein Wunder, wenn das Rauschen immer noch da ist.

Es hilft nichts. Wir müssen sie töten."

Sie beauftragten Techniker damit. Das Rauschen blieb. Es dämmerte Penzias und Wilson langsam, dass sie da etwas Großem auf der Spur waren. Sie hatten das kosmische Hintergrundrauschen entdeckt, das Echo des Urknalls.

„Denkst du manchmal an sie?", fragte Wilson nach der Verleihung des Nobelpreises.

„Wen meinst du?", fragte Penzias.

Wassermusik

Auf der reinweißen kreisrunden Fläche befand sich nichts außer einigen runden Schatten. Wie von Geisterhand bewegt zuckten sie, schwankten, drehten sich, kreisten umeinander.

Die Bewegungen der Schatten entbehrten nicht einer gewissen Anmut und Eleganz.

Als schwänge ein unsichtbarer Kapellmeister den Taktstock zu einem dieser alten höfischen Tänze, dachte Brown, einem Tanz, dem sich die Schatten nicht entziehen konnten.

Er nahm das Auge vom Okular des Mikroskops. Die Tänzer – nur leblose Pollen auf dem Wasser – bewegten sich! Er hatte den Beweis für die göttliche Lebenskraft entdeckt.

Nur die Brown`sche Molekularbewegung, sagt man heute. Doch wer der Kapellmeister ist, weiß man nicht.

Mathematik des Grauens

Ich ging durch die stillen Räume der Ausstellung, konnte mich aber nicht auf die Exponate konzentrieren. Zu sehr beschäftigte mich, was ich eben gelesen hatte. Es ließ mir keine Ruhe. Ich trat noch einmal zu der Glasvitrine und las:

„Ein Geisteskranker kostet den Staat im Jahr 755 RM, ein Blinder 675 RM, ein Tauber 650 RM. Es gibt 175000 Geisteskranke, 160000 Blinde und 153000 Taube in Deutschland. Eine durchschnittliche Familie bezahlt im Monat 65 RM Miete. Wie vielen Familien könnte der Staat Miete zahlen, wenn das Geld für Geisteskranke, Blinde und Taube eingespart werden würde?"

Nur eine Rechenaufgabe von 1935.

Das Meer

„Beschreibt das Meer!", forderte der alte Poet.

„Das Meer ist ein schlafendes Tier. Seine Brust hebt und senkt sich im Rhythmus der Gezeiten und Traumgedanken kräuseln Wellen gleich seine Oberfläche", sprach der erste Meisterschüler.

Die Lippen des Alten kräuselten sich.

„Nun du!"

„Das Meer ist wie das Leben", antwortete der Zweite. „Mal ist es stürmisch und seine Brandung brüllt wütend gegen die Felsen des Schicksals an, dann wieder erstreckt es sich ruhig bis zum scheinbaren Ende am Horizont."

Der Alte wiegte den Kopf und richtete seine Blicke auf den Dritten.

„Das Meer ist riesig", sagte dieser.

Der alte Poet nickte.

Die Burg

Hoch oben im Eisgebirge steht die Burg Anbelyn. Weder Wälle noch Mauern schützen sie, auch keine Gräben oder eisenbewehrte Tore.

All dies ist der Burg entbehrlich, denn Anbelyn ist immerfort von dichtem waberndem Nebel umgeben. Bräche ein Heer kühner Ritter auf, die Burg zu erobern, verlöre es im grauen Einerlei über kurz oder lang die Richtung und die Krieger liefen solange im Kreis, bis sie entkräftet zugrunde gingen.

Ich bin also vollkommen sicher an diesem Ort. Wie ich in die Burg gelangt bin? Ich lebte mich hinein. Doch nun bin ich ein Gefangener, denn einen Weg zurück gibt es nicht.

Weihnachtsmann & Co.

Fröhliche Gutscheinachten...

...es downloaded sehr, tiefstpreisliche Weihnacht, leise rieselt der Preis – die Slogans flimmerten über den Bildschirm.

„Sehr originell", sagte Santa Claus zu Bill, seinem Marketingexperten.

„Danke, Sir."

„Wenn sonst nichts mehr ist..."

Der Publicitymann meldete sich. „Sir, nach letzten Umfragen glauben 15 % weniger Kinder an den Weihnachtsmann als noch vor einem Jahr."

„Und? Wo liegt das Problem? Wer hat das Geld?"

„Die Eltern, Sir."

„Und wozu ist Weihnachten da?" Santa blickte fragend in die Runde.

Weihnachtself Rudi hob schüchtern die Hand.

„Zum Schenken?"

Santa winkte ab. „Rudi, Sie werden es nie kapieren, was? Zum KAUFEN. Prägen Sie sich das ein."

Der unschuldige Weihnachtsmann

„Es regnete in Strömen. Ich zog meine Kapuze tief ins Gesicht. Dann sah ich die Bankfiliale und flüchtete hinein.

Ein Schalterbeamter winkte mich heran und fragte, ob ich vielleicht was für seinen Sohn hätte. Ich fasste in meinen Sack und hatte plötzlich diese Wasserpistole in der Hand. Der Angestellte hob sofort die Hände.

Ich war total überrascht aber schon hatte er begonnen, meinen Sack mit Geldscheinen zu füllen. Nein, wollte ich sagen, da liegt ein Missverständnis vor, doch bevor ich den ersten Ton herausbringen konnte, hörte ich schon die Sirene und haute ab.

Wer hätte mir denn geglaubt, Herr Richter?"

Der Konkurrent

Der Weihnachtsmann schritt durch seine Spielzeugfabrik. Zischen und Brummen der Taktstraßen, emsiges Werken der Gehilfen. Weihnachtself Rudi reckte den Daumen nach oben.

Alles in Marzipankartoffeln, dachte der Weihnachtsmann, wieso dann dieses ungute Gefühl? Da waren die Geheimdienstberichte. Was hatte es diesmal vor?

Er trat an den Prozessrechner, öffnete den Explorer und klickte auf die Datei Wunschliste.doc. Das Zischen und Brummen der Maschinen erstarb augenblicklich.

Ich wusste es, dachte der Weihnachtsmann, als „Ihr Kinderlein, kommet..." aus den Lautsprechern dröhnte. Vor seinen Augen löste sich das Desktopbild in lauter höhnische Schneeflocken auf, die allmählich einen Schriftzug bildeten:

„Fröhliche Weihnachten.
Das Christkind."

Weihnachten in Absurdistan

Gleich morgens, kaum dass seine Nase die ersten Sonnenstrahlen kitzelte, schwang sich Santa Claus aus dem Bett. Er war ja schon so gespannt, ob die Kinder alle seine Wünsche erfüllt hatten.

Er eilte in die große Stube, wo neben dem Kamin eine gut gewachsene riesige Kerze stand, an der genau hundert Weihnachtsbäume in festlichem Glanz brannten. Darunter stapelten sich – oh welche Freude – viele Pakete, eins größer und schöner verpackt als das andere.

Ohne viel Federlesens machte sich das größte Paket daran, Santa Claus zu öffnen.

Ritsch und ratsch, schon war er aufgerissen. Weihnachtself Rudi schaute heraus und schrie:

„Fröhliche Weihnachten!"

Das Urteil

Phase 1
Die Arretierung schließt sich und von oben kommt eine stählerne Zange herabgesurrt. Sie nähert sich dem linken Auge des Rentieres. Jetzt bohrt sich die Zange in die Augenhöhle und reißt deren Inhalt mit einem leisen Ritsch heraus.
Das rechte auch noch? Der Operator winkt ab.
Phase 2
Die Flamme züngelt an den Beinen des Rentieres entlang, leckt über dessen Fell. Rasch entsteht ein hell loderndes Feuer. Das Rentier ist nur noch ein Häufchen Asche.
Phase 3
Das Urteil: Die Augen sitzen viel zu locker und könnten verschluckt werden. Außerdem ist das Rentier leicht entflammbar.
Völlig ungeeignet als Weihnachtsspielzeug.

Die Bescherung

„Schläft er noch?", fragte ein Polarfuchs.

„Wie ein Stein. Nach der Nacht. Werden ja immer mehr von diesen Bälgern", antwortete Weihnachtself Rudi.

Ein Renntier nickte. „Und immer weniger Parkplätze."

„Genug gequasselt, lasst uns anfangen", sagte Rudi. Er musterte den Berg vor dem Haus. „Von wem ist das denn?" Er deutete auf eins der Geschenke.

Eine Elfin kicherte. „Mal ein neues Outfit könnte ihm nicht schaden", meinte sie.

Rudi winkte ab. „Los jetzt!"

Sie machten sich ans Werk.

Als der Weihnachtsmann erwachte, glaubte er zu träumen. So viele Geschenke! Nur für ihn! Dann fiel sein Blick auf die mit einem Schleifchen verzierte Bartschere.

Silvester bei Vampirs

Sie standen am Fenster des Eckturmes und betrachteten den bunten Funkenregen am nächtlichen Himmel.

„Wie wunderschön", seufzte er.

„Ja", sagte sie.

Er neigte den Kopf und knabberte spielerisch an ihrem Hals.

„Ein gesundes und glückliches neues Jahr, mein Schatz."

„Dir auch", erwiderte sie. „Was hast du dir vorgenommen?"

Er strich über sein Bäuchlein, lächelte, und lange Eckzähne blitzten im Schein der Silvesterraketen.

„Du weißt, dass ich das nicht sagen darf."

Sie wusste es ohnehin. Abnehmen, wie jedes Jahr. Wie lange würde er den vegetarischen Tick diesmal durchhalten? Ihr grauste schon vor den Unmengen von Blutorangen, die sie würde heranschaffen müssen.

Konnichi Wa und ZEN

Konnichi Wa, der japanische Osterhase, war der ewigen Plackerei mit den Ostereiern müde geworden. Er wollte lieber seinen literarischen Interessen nachgehen und Haikus dichten.

Deshalb machte er sich ans Werk, erbaute nach dem neuesten Stand der Technik einen Roboterhasen als seinen Stellvertreter und taufte ihn auf den Namen ZEN.

ZEN besaß Laseraugen, ein scharfes Radargehör und einen kleinen Atomreaktor als Antriebsquelle. Außerdem hatte Konnichi seine Schöpfung mit optimierten Algorithmen zum Verstecken der Ostereier ausgestattet. Er war stolz auf sein Werk.

Als Konnichi ZEN jedoch zum ersten Mal einschaltete, bemerkte er entsetzt, das ZEN unvollkommen war.

ZEN verbeugte sich nicht vor ihm.

Konnichi Wa und die Prüfung

Konnichi Wa, der japanische Osterhase, beschloss einst, vom Verteilen der verhassten Ostereier genug zu haben und zog sich in ein Kloster zurück. Hier meditierte er und suchte das Ekelwort „Ei" zu vergessen.

Kaum drei Jahre waren vergangen, als Novize Konnichi die Aufnahmeprüfung ablegen durfte. Er trat vor den Abt. Riesenhaft erschien ihm die Statue Buddhas, an deren Fuße der Abt kniete. Sämtliche Ordensbrüder einschließlich der fünf Tibeter waren versammelt und atemlose Stille dehnte sich endlos. Die ersten Novizen liefen bereits blau an.

„Sage mir", hub der Abt endlich an zu sprechen, „besitzt ein Ei Buddha-Natur?"

Konnichi Wa übergab sich.

Konnichi Wa wird erleuchtet

Konnichi Wa, der japanische Osterhase, schlich schon seit Tagen mit hängenden Löffeln herum, wusste er doch, die Zeit des süßen Nichtstuns neigte sich wie jedes Jahr dem Ende zu.

Ostern rückt näher und näher und es gibt nichts, was ich dagegen tun kann, dachte Konnichi, während er auf seiner Tatami meditierte und danach trachtete, sein seelisches Gleichgewicht wiederzuerlangen. Wer wollte auch die Zeit anhalten. Zeit?

Die Erleuchtung schlug mit Blitzesschnelle in Konnichi ein.

Die Vergangenheit – nur Schatten von Schatten.

Die Zukunft – nur Träume von Träumen.

Die Zeit also – nur Illusion.

Einzig das Jetzt gab es.

Ostern gab es nicht.

Ommmmmmmm.

Konnichi Wa und der Konkurrenzosterhase

Heute war Ostern - der einzige Tag im Jahr, an dem Konnichiwa, der japanische Osterhase, arbeiten musste. Er beschloss, diesen Tag, wenn er ihn schon nicht ins Klo spülen konnte, wenigstens zu ertragen wie ein echter Samurai, mit unerschütterlicher Tapferkeit.

Seufzend begann er mit dem Verstecken. Hier ein Ei hinter einen Strauch platziert, dort eins in einen Graben. Doch was war das? Hinter einem Stein leuchtete ein Ei - viel größer als alle, die er je gesehen hatte.

Von einem Konkurrenzosterhasen?

Als Konnichiwa nach dem Ei fasste, fiel ein Schatten auf ihn. Er wandte sich um und sah - in den Rachen Godzillas.

Konnichi Wa und Hanami

Konnichiwa, der japanische Osterhase, saß in seinem Garten, das eben verzierte Osterei noch in der Hand, und seufzte. Er hatte das Ei mit den Schriftzeichen für Vergänglichkeit bemalt. Bald schon würde es zerstört werden, zerstört von Kindern, die vielleicht nicht einmal lesen konnten. Die Ausführung schien ihm gelungen, aber es fehlte noch etwas, das spürte Konnichiwa einfach. Da schwebte ein Kirschblütenblatt durch die Frühlingsbläue herab und landete genau auf der Spitze des Eies.
Konnichiwa hielt den Atem an. Was für ein Meisterwerk unversehens in seiner Hand entstanden war. Als ein Windhauch es vernichten wollte, hielt Konnichiwa das Blatt einfach fest.

So muss man Halloween feiern

„Böser Kürbis! Grrrrr!"
Mr. Alistair tätschelte dem Kürbis die Wangen. Der Kürbis funkelte ihn an und grinste, als wollte er sagen: Pass auf, du.
Die Vorbereitungen waren getroffen. Martha wartete schon.
Er ging durch den Garten zum Haus zurück. Hoppla, fast wäre er in das freigelegte Grab gestolpert.
Bald darauf saß Alistair im Wohnzimmer und genoss die Atmosphäre dieses besonderen Abends. Zärtlich strich er über Marthas kahlen Schädel. Seine Finger erfühlten das schartige Loch – ein Andenken an ihren letzten Ehestreit.
Dann zündete er die Kerze an, und Marthas Augenhöhlen begannen magisch zu schimmern und Blicke mit dem Kürbis zu wechseln.

Nikolaus bei Bushs

An diesem Morgen sprang George erwartungsfroh aus dem Bett und machte sich auf den Weg ins Erdgeschoss, als hinter ihm das Telefon klingelte.

„Eine Mrs. Märrkel oder so", sagte Laura.

„Die kann mich mal!"

Von der blöden Kuh lasse ich mir Nikolaus nicht verderben, dachte George, während er die Treppe hinuntereilte.

„Er ist gerade – Sie wissen schon.", sagte seine Gattin. Diplomatisch wie immer. Egal, mal sehen, was diesmal im Stiefel war. Ein Fläschchen „Wild Turkey" vielleicht?

In seinem Stiefel am Fuß der Treppe stak eine lange, mit Federn und Ornamenten verzierte Pfeife.

Aber ich rauche doch gar nicht, dachte George.

Neue Erkenntnisse in der Nikolaus-Forschung

So zahlreich die Legenden, so spärlich gesät sind bisher die gesicherten Fakten über das Leben des heiligen Nikolaus. Um 278 nach Christus in Patarka geboren, wurde er mit neunzehn Jahren von seinem Onkel zum Priester geweiht. Belegt ist, dass Nikolaus während der Christenverfolgung gefangengenommen und gefoltert wurde. Später wirkte er in Myra als Bischoff. Er soll am Konzil von Nizäa teilgenommen haben, doch das ist bereits Spekulation. Sein Todestag ist der sechste Dezember.

Wissenschaftlern ist es nun gelungen, dem Bild vom Leben des Nikolaus ein neues Mosaiksteinchen hinzuzufügen. In einer alten byzantinischen Handschrift fanden sie detaillierte Zeichnungen seines Domizils.

Abbildung

(siehe nächste Seite)

Abbildung: Das Haus des Nikolaus

Ausverschämt

„Hast du sowas schon gesehen?"
Knecht Ruprecht schüttelte entgeistert den Kopf.
Der Nikolaus versuchte ein strenges Gesicht zu machen, musste dann aber grinsen. Da hatte sich jemand viel Mühe gegeben, um die Stiefel so blank zu putzen – man konnte sich sogar darin spiegeln.
Er tat es, fand sich ein wenig zu dick und ließ es rasch wieder bleiben. Nach dem Befüllen und nach einem letzten Kopfschütteln gab Nikolaus Knecht Ruprecht einen Wink und ab gings zum nächsten. Es gab noch viel zu tun diese Nacht.
Am nächsten Morgen öffnete sich die Tür. Enttäuscht betrachtete der Tausendfüßler den einen gefüllten Stiefel.

Irgendwann in der Zukunft

Erzähl weiter!

„Erzähl weiter, Tante Ameta!"

„Man sagt, es gab eine Brücke, die so hoch in den Himmel hinauf ragte, dass sie auch der kühnste Vogel nicht überfliegen konnte. In weitem Bogen überspannte sie das Land. Seit Menschengedenken gab es sie, doch selten und nur für kurze Zeit war sie zu sehen. In der Sonne leuchtete sie ganz wunderbar. Niemand hat sie je überquert, denn sie endete auf beiden Seiten im Nirgendwo."

„Was ist ein Vogel, Tante Ameta? Und werden wir die Brücke sehen?"

Die alte Frau seufzte. „Irgendwann vielleicht, wenn RADIOAKTIVITÄT uns auf die Oberfläche lässt ..."

„Erzähl doch weiter, Tante Ameta!"

Der Sound der Erde

Das Objekt sah mit seiner von Meteoriten zernarb-
ten Oberfläche aus, als habe es schon äonenlang
das All durchstreift. Auf der Außenhülle erkannte
die Raumschiffbesatzung ein seltsames Muster, das
so aussah:
„Voyager II"
Ein Außenkommando machte sich bereit.
Später legten Tentakel eine goldglänzende Scheibe
in das ebenfalls geborgene Abspielgerät. Merkwür-
dige Geräusche erklangen – Rauschen, melodiöse
Tonfolgen, bellende Laute, bei denen sich die Hör-
lappen der Anwesenden schmerzhaft zusammenzo-
gen. Dann plötzlich ein schmatzendes Geräusch,
das für Heiterkeit sorgte.
„Ho kua wareh a'suan! (Klang fast wie ein Kuss)",
sagte jemand.
Recht hatte er. Es war der Kuss eines menschlichen
Paares, das schon lange tot war.

Ein kaltes Lächeln

Oh, diese verfluchte Kälte. Ich habs satt. Bis obenhin, fluchte Gordon in Gedanken. Er fühlte, wie er am ganzen Körper Gänsehaut bekam und wünschte sich, er wäre woanders. Vielleicht auf den Malediven? Oder auf Hawaii?

Ja, das wärs, dachte er, während eisige Luft sein Gesicht umfächelte. Braune Mädchen, die ihm freundlich lächelnd Blütenkränze umhängten und Aloha he sangen. Laue Nächte am Strand. Tagsüber Sonne auf der Haut spüren...

Ein Lächeln breitete sich auf seinem Gesicht aus. Er vergaß die Kälte und schlief ein.

Irgendwann fand Zr5763 die Kälteschlafkammer, in der Gordon vor sich hin lächelte.

Man stellte sie ins Museum.

ARES, der Robot

Die Glockensybelliten sangen ihr Lied in den frühen Morgen und begrüßten Arina und Sestes, die den Horizont in milchiges Orangerot tauchten. Flagelloren brummten durch die Luft und ihre Rotoren zerteilten funkelnd die Strahlen der beiden zu neuem Leben erwachenden Sonnen.

Zögernd trat ein Arantodon aus dem Eurykazeenhain, ließ misstrauisch seine Fühler in alle Richtungen kreisen und stampfte zum See, um sein morgendliches Bad zu nehmen.

Da! Der Schrei eines Pirii: Pirrrrriiii! Er kam aus den Bergen jenseits des Sees.

ARES, der Robot, stand auf seinem Posten und analysierte das Geschehen.

Doch er begriff nicht, dass es ein schöner Morgen war.

Das Gesicht

Wo es geschah, ist nicht wichtig.

ZARC hatte uns dorthin geschickt – auf einen dieser Planeten, die nichts zu bieten haben als Schnee und Eis. Ich bereitete gerade die Probebohrungen vor, als es passierte. Der Schnee gab nach und ich fiel.

Als ich zu mir kam, steckte ich in einer Spalte fest und das Licht meiner Helmlampe beleuchtete vor mir im grünlich schimmernden Eis ein Gesicht. Große mandelförmige Augen blickten mich still an und ein lippenloser Mund schien zu lächeln.

Sie zogen mich erst nach Stunden heraus – Stunden, in denen ich die Ewigkeit sah.

Von dem Gesicht habe ich nichts erzählt.

Wegwerfgesellschaft

Der Arzt besah sich mit gerunzelter Stirn den Ausdruck des Medicomputers. Jonas blickte ihm über die Schulter und selbst seinem ungeschulten Auge fiel auf, dass die Zacken auf dem Diagramm irgendwie komisch aussahen.

„Und?", fragte er und räusperte sich, um den Kloß in seinem Hals loszuwerden.

Der Arzt blickte auf und nahm seine Brille ab. „Es tut mir leid, Herr Marten. Eine Operation ist kaum noch sinnvoll."

„Aber..."

„Verstehen Sie doch. Wissen Sie eigentlich, was so eine OP heutzutage kostet? Bei der desolaten Lage der Krankenkassen. Glauben Sie mir, Neuanschaffen ist billiger. Sie haben doch noch Klonmaterial von ihrer Frau?"

Dezemberträume

Es schlafen Bäche und Seen unterm Eise... Es träumt der Wald seinen tiefen Traum...

Komisch, das uralte Lied ging ihm heute nicht aus dem Sinn. Er summte die Melodie vor sich hin, während dick mit Schnee behangene Kiefern, frostklare Nächte und schlittschuhlaufende Kinder an ihm vorüber zogen.

In wenigen Tagen wäre es wieder soweit. Weihnachten. Erwartungsfrohe Menschen, die in Einkaufspassagen Glühwein tranken und nach Geschenken für ihre Lieben Ausschau hielten. Lang wars her.

Ja, die Menschen, dachte der Dezember wehmütig. Er hatte sie gemocht. Jedenfalls waren die ihm tausendmal lieber gewesen als diese hässlichen, perfekt an das Wüstenklima angepassten Rieseninsekten.

Zweisamkeit

Grundlos eifersüchtig

„Hör mal, ich kann alles erklären:
Wir hatten uns abends noch auf einen Drink verabredet. In Nicks Wohnung fragte ich, ob ich ein Bad nehmen könne. Ohne irgendwelche Hintergedanken. In meiner Wohnung war nämlich das Wasser abgestellt. Nick badete nach mir. Ich saß im Wohnzimmer, einen Martini in der Hand und hörte ihn summen. Es war „Sweet dreams", Schatz, du weißt schon, unser Lied. Das machte mich irgendwie an, ist doch verständlich, oder? Als er aus dem Bad kam, hatte ich das Badetuch bereits abgelegt. Er fiel über mich her. Was hättest du gemacht?
Weiter war wirklich nichts, glaub mir."

Der unbezahlbare Moment

„Der Barpianist spielte Mozart.

Ich sah ihr Dekolleté, in dem eine Goldkette versuchte, zu retten, was nicht mehr zu retten war, sah ihr Abendkleid und ihre mit Strass verzierten Stilettos. Mein Blick kehrte zurück zu ihrem Dekolleté.

Der Anhänger an der Kette funkelte diamanten.

,Rachmaninow würde besser zu Ihnen passen', sagte ich, ,die Nocturnes.'

Sie sah mich an, lächelte unsicher.

Ich setzte mich ans Klavier und spielte die Nocturnes, alle drei hintereinander, und beobachtete, wie die Töne sie einlullten und ihren alternden Körper vergessen ließen.

Dass sie mir später ihre Ersparnisse gab, war das zuviel für diesen Moment, Herr Richter?"

Der perfekte Moment

Hoch oben segeln sie – die Schwalben. Der Sommerwind streicht über unsere Haut. Ich knabbere an einem Grashalm, du hast die Augen geschlossen. Wo und wann könnte es schöner sein als gerade hier und jetzt?
Ich will, dass du es auch siehst und nähere die Spitze des Grashalmes deiner Nase. Ich senke sie und endlich öffnest du die Augen.
„N...nicht." Deine Mundwinkel verziehen sich. Deine Hand wischt nach dem Halm.
Dann schließt du die Augen wieder.
Du willst es nicht sehen? Dann eben nochmal. Doch bevor ich dich kitzele, blicke ich nach oben.
Die Schwalben sind weg.
Der Moment ist vorbei.

Sonnenaufgang

Als sie auf den Balkon des Hotelzimmers trat, sah sie, dass der Morgen schon ein gutes Stück vorangekommen war. Diffuses Licht hatte die Nacht verdrängt, und im Osten griff ein unsichtbarer Magier tief in die Trickkiste, zauberte purpurrotes Glühen an den Himmel. Das Meer schlief noch.

Sie stand still und schaute und bekam eine Gänsehaut.

„Was machst du denn da draußen, Mäuschen?", tönte eine Männerstimme.

„Das musst du sehen. Der Sonnenaufgang", rief sie und lächelte.

„Der Sonnenaufgang? Warum muss der immer so früh sein. Komm wieder ins Bett."

Sie zögerte. Als sie wieder im Zimmer war, schlief ihr Lächeln ein.

Schau mir in die Augen, Kleiner

Du hast es eigentlich schon immer gewusst. Es brauchte nur jemanden, der es dir sagte: Du bist unwiderstehlich.

Du betrittst den Raum, als wäre die Bar in Casablanca und du Bogart. Humphrey Bogart im Armani-Anzug. Im Schummerlicht erblickst du Ingrid Bergmann. Sie trommelt gelangweilt auf den Tresen.

Du gleitest auf den Hocker neben sie, deinen Moschusgeruch nach Sexualität verbreitend. Lässig fischt deine Hand in der Jackettasche nach Zigaretten.

„Wie wär's mit einem Drink?", fragst du.

Sie wendet sich dir zu. Große Augen mustern dich. Sinnliche Lippen hauchen: „Hast dich wohl verlaufen, Kleiner."

Und dir wird klar: Dein Therapeut hat gelogen.

Das Wunder

„Wir passen einfach nicht zusammen", sagte die Sonne.

Ich mag ihn aber. Er sieht lieb aus mit seinem verträumten Leuchten, dachte sie.

„Vielleicht doch", sagte der Mond.

Er hoffte es wirklich. Ihr Feuer begeisterte ihn. Aber als die Helligkeit zunahm, musste er seiner Wege ziehen.

Dann aber, nur wenig später, geschah das Unmögliche. Sonne und Mond trafen sich wieder und waren sich so nah, wie es nur ging. Der Mond genoss die Wärme der Sonne, als er sie bedeckte.

„Siehst du", sagte er.

Die Sonne seufzte. Er ist ein Träumer, dachte sie.

Die Sonnenfinsternis dauerte nicht lange – wie alle Wunder.

Die Botschaft

Der Wachmann ging frierend durch den grauen Morgen, als er vor sich einen Kopf abtauchen sah. Er sprintete los. Zwischen den Autos sprang eine Gestalt hervor und verschwand um die Ecke des Blocks.

Der Wachmann blieb stehen.

Als sein Blick auf das Autodach vor ihm fiel, musste er schmunzeln. Er blickte nach oben. Hatte sich da eine Gardine bewegt? Er sah wieder auf das Autodach, dann auf das daneben. Er ließ seine Blicke über die Reihe der parkenden Fahrzeuge wandern und der Morgen war nicht mehr so kalt.

Im Schnee auf den Blechdächern stand eine Botschaft:

„Evi, ich liebe dich."